LES PÉLERINS
AU TOMBEAU
DE NOTRE SEIGNEUR.

POËME SACRÉ.

LES PÉLERINS
AU TOMBEAU
DE NOTRE SEIGNEUR.
POËME SACRÉ,

Traduit ou imité de l'Oratorio de Pallavicini.

*PAR M. ***.*

A PARIS,

De l'Imprimerie de GUILLAUME DESPREZ,
Imprimeur du Roy & du Clergé de France.

MDCCLXI.

A

MADAME
LA DAUPHINE.

MADAME,

LORSQUE j'ai entrepris ce Poëme sacré, je n'ai prétendu avoir d'autre mérite que celui de vous obéir. C'est à Vous, MADAME, à juger si la soumission la plus parfaite a pu, en quelque façon, suppléer au défaut de talents.

Cet effort de mon zèle recevra tout son prix de la grace que vous avez daigné m'accorder, en me permettant de le faire paroître sous vos auspices. Ma reconnoissance, aussi vive que respectueuse, vous devoit à toutes sortes de titres cet hommage, MADAME, *puisque ce Poëme sacré offre par-tout l'expression naïve & fidèle des sentiments de foi, de piété & de religion dont votre cœur est pénétré.*

Quel bonheur pour moi, si ce petit Ouvrage peut mériter votre approbation, MADAME, *& celle de l'auguste Prince votre Frere, à qui il doit le jour presqu'autant qu'à vous-même! Ce Prince, dont la bienfaisance & l'affabilité gagnent tous les cœurs, & qu'il suffit de nommer pour exprimer en même-tems, & le Chrétien, & le Héros, daigna, pour m'enhardir à prendre la plume, m'honorer aussi de ses ordres, &*

m'assurer de son indulgence pour mon travail : j'implore très-humblement la vôtre, MADAME ; mon motif est mon excuse : vous avez ordonné, j'ai obéi.

Je suis, avec le plus profond respect,

MADAME,

Votre très-humble, très-obéissant
& très-soumis Serviteur,
C. A. DE SAINT-JORRE, Prieur de Sarton.

Quod stultum est Dei, sapientius est hominibus; et quod infirmum est Dei, fortius est hominibus. 1. Cor. 1. 25.

Noms des Pélerins.

ALBIN.

EUGENE.

TÉOTIME.

AGAPITE.

UN GUIDE.

L'Original italien a été mis en Musique italienne par le Sieur JEAN-ADOLPHE HASSE, Maître de la Musique de la Chapelle de Sa Majesté le Roi de Pologne, Electeur de Saxe, pour être chanté le soir du Vendredi saint, dans la Chapelle de ce Prince.

Il fut aussi chanté à Versailles chez Madame la Dauphine, le jour de la saint Joseph 19 Mars 1760.

LES

LES PÉLERINS AU TOMBEAU DE NOTRE SEIGNEUR.

POËME SACRÉ.

PREMIERE PARTIE.

ALBIN.

Ous touchons, chers amis, au terme de nos vœux;
Notre course est finie;
Nous voici parvenus à la Cité chérie,
Solime est enfin sous nos yeux.....

Ah! qu'elle eſt pauvre & miſérable!
Que ſon état eſt déplorable!
Quoi donc, ſans portes, ſans remparts?
Quel cahos affreux! les ruines,
L'horreur, les ronces, les épines
L'environnent de toutes parts;
Et cette Capitale, autrefois ſi ſuperbe,
Preſqu'en cendre aujourd'hui, n'exiſte que ſous l'herbe.
Qu'eſt devenu cet auguſte palais,
Qu'eſt devenu ce temple magnifique
Que le Roi ſage & pacifique
Fit élever à ſi grands frais?
Sur ces reſtes hideux de maiſons écroulées,
De murailles démantelées,
S'il s'éleve encor quelque tour,
Elle ne montre, hélas! qu'une moſquée impie
Que l'erreur conſacre & dédie
Au faux culte dont chaque jour
Le Barbare dans ſa manie,
Et le front ceint de ſon turban,
Honore le fourbe génie
De ſon Prophete conquérant.

Sion, ô ville infortunée!
Le Sauveur te l'avoit prédit:

De ta cruelle deſtinée
Combien de fois il t'avertît?
Emu, troublé de tant d'allarmes,
Sur ton ſort il verſa des larmes;
Son cœur pour toi brûlant d'amour,
En eut pitié, même en ce jour,
Où s'immolant comme ton ſeul ôtage,
Il éprouva tout l'excès de ta rage.

EUGENE.

Le tableau de tant de malheurs
Et de Solime ainſi détruite,
Cher Albin, je le vois, te fait verſer des pleurs;
Pour moi, je l'avoûrai : cette ſainte viſite
Remplit mon ſein d'ineffables douceurs.
Tout ce qui frappe ici ma vüe
M'inſpire le reſpect, l'amour :
De ces deux ſentiments mon ame eſt toute émüe;
Je bénis l'inſtant, l'heureux jour
Où quittant ma douce patrie,
Et conduit par la piété,
Je vins, pour révérer cette terre chérie,
Où mourut un Dieu de bonté.

Fatigue, ennui, mer effroyable,
Dangers ſi voiſins de la mort,
Je vous oublie en ce lieu délectable:
Du doux zéphyr l'haleine favorable
Devient mon réconfort:
Pourrois-je reſpirer un air plus agréable?
Où trouverois-je un meilleur port,
Un plus beau ſort?

TEOTIME.

Rendons-en grace, amis, à ce Dieu ſecourable,
Qui, revétu de notre humanité,
Ici ſur une croix mourut comme un coupable;
Nous devons tout à ſa bonté.

Quand d'une cruelle tempête
Notre vaiſſeau battu, preſqu'entr'ouvert,
Des flots dont il étoit couvert,
Sembloit devenir la conquête;
Quand nous mêlions nos vœux aux cris des matelots,
Que l'élément perfide entr'ouvroit ſes abîmes,
Prêt à nous engloutir comme autant de victimes
Qu'immoloient à ſa rage, & les vents, & les flots;
Notre Dieu devint notre guide,

Lorſque la mer ſur notre bord
Promenoit ſa fureur avide,
Et de tous les côtés nous préſentoit la mort.

Lui ſeul, & d'un ſeul mot, dompta la violence
Des flots écumeux,
Lui ſeul impoſa ſilence
Aux vents furieux;
Tout obéit, tout fut docile;
Les flots n'oſerent s'élever,
Les vents n'oſerent ſouffler,
La mer devint calme & tranquille:
Elle entendit la voix du Tout-Puiſſant,
Voix qui la tira du néant:
L'inconſtant Elément, dans ſa ſurface humide
Nous offrit tout à coup une plaine liquide,
Et mugiſſant
Reſſerra dans ſon flanc
Les vents, les flots, la tempête,
Qui menaçoient notre tête.

C'eſt ce Dieu ſaint, c'eſt ce Dieu fort
Qui d'un regard calma l'orage,
Nous préſerva du naufrage,
Et nous conduiſit au port.

Ainsi sa bonté paternelle,
O disciples consternés,
Des flots & des vents mutinés
Fit triompher jadis votre foible nacelle;
Le moindre signe de sa main
Produisit un calme soudain,
Ranima votre courage,
Et vous rendit dans la joie au rivage.

ALBIN.

On obtient promptement sa divine faveur,
Dès que pour l'obtenir on fait parler le cœur......

Mais qu'il tarde à venir, ce Guide,
Qui doit de notre piété
Protéger la marche timide,
Et nous conduire en sûreté!
Nous puiserons dans sa prudence
Assez de force & d'assurance
Pour triompher des embarras
Que des Satellites avares,
Grossiers, dédaigneux & barbares
Feront naître sous nos pas.
Touché de notre zèle,
Ce Conducteur fidèle

Doit exposer à nos yeux
Tous les lieux
Où s'accomplirent les Mysteres
Qu'un Dieu jugea nécessaires
Pour opérer le salut des humains,
Et réparer l'ouvrage de ses mains.

TEOTIME.

Je vois, je vois de loin revenir Agapite:
Dans sa course qu'il précipite
J'apperçois quelqu'un qui le suit.....
C'est un vieillard respectable
Qu'en ces lieux la vertu conduit.....
Il est vêtu de noir: son air doux, humble, affable,
Nous annonce un Chrétien; qu'il nous soit favorable!

AGAPITE.

Je vous amene un Guide aimable & généreux:
Digne de notre confiance,
Il aura la complaisance
D'escorter nos pas en ces lieux.....

Dans la bouillante jeunesse,
Cette critique saison,
Où les sens contre la sagesse

Et contre la raiſon
Se révoltent ſans ceſſe,
D'un monde corrupteur autant que corrompu
Il mépriſa les biens, les pompes, les délices;
Rangé ſous les drapeaux d'une exacte vertu,
Il déclara la guerre à tous les vices:
L'Europe lui donna le jour;
Mais il abandonna, ſans regret, ſans retour,
L'Europe, ſon ingrate & perfide patrie,
Honteuſement aſſervie
A tous les vices tour à tour.
La Diſcorde, infame furie,
Source féconde de malheurs,
Y verſe dans tous les cœurs
Le poiſon de ſa perfidie.
La Volupté,
L'Impiété
Fixent leur tyrannique empire
Dans ce pays infortuné,
Et de leur ſouffle empoiſonné
Corrompent l'air qu'on y reſpire.
Loin des excès & des abus,
Fruits naturels de la molleſſe,
Ce ſaint Religieux, conduit par la ſageſſe,
Voulut ici vivre en reclus,

Et choiſit cette terre,
Quoiqu'étrangere,
Comme un aſyle à ſes vertus.
Au milieu d'un peuple barbare
Il cache un zèle auſſi pur, auſſi rare,
Et ſa foi vive eſt ſon flambeau:
Revétu d'un groſſier manteau,
Il veut achever ſa carriere,
En menant une vie auſtere,
En ce ſaint lieu,
Près du tombeau de l'Homme-Dieu.

E U G E N E.

Qu'il eſt heureux, qu'il eſt digne d'envie!
Il peut à loiſir
Gouter le plaiſir
De contempler toute ſa vie
Tant de monuments
Toujours ſubſiſtants
De la bonté divine
Qu'offre à tous les inſtants
Aux yeux des vrais Croyants
Cette infidele Paleſtine.

LE GUIDE.

Que votre ſort eſt doux!
Ah! que le Ciel vous aime,
Généreux Pélerins : contre l'Enfer jaloux
Dieu vous défend lui-même.
En vain les flots & les vents,
Réuniſſant toute leur rage,
S'oppoſoient à votre paſſage:
Ce Dieu, maître des Eléments
Et dont la main ſoutient le monde,
Vous ſauva des fureurs de l'onde
Et de tous fâcheux accidents.
Son œil, ſon doigt, n'en ayez point de doute,
A travers tant d'écueils vous traçoient une route
Pour vous conduire ſûrement
En cette plage lointaine;
Reconnoiſſez maintenant
Cette bonté ſouveraine,
Et qu'en ce ſéjour
Chacun à ſon tour
Animé d'une foi chrétienne,
Par un juſte retour
Chante ce Dieu d'amour!

Ah ! que le Ciel nous aime ,
Que notre ſort eſt doux !
Contre l'Enfer jaloux
Dieu nous défend lui-même.

AGAPITE.

O ſaint Vieillard dont les vertus
Servent aux nôtres de modèle ;
Si vous approuvez notre zèle ,
Guidez nos pas , ne tardez plus ;
Comme un charitable interprete
Inſtruiſez notre ame inquiete :
Faites-nous voir , expoſez-nous
(Grace qui nous comblera tous)
Ces monuments reſpectables
Si chers aux cœurs vertueux ,
Et qu'en Chrétiens véritables
Nous deſirons voir en ces lieux ;
C'eſt là l'objet de tous nos vœux :
Faites qu'un Dieu plein de clémence
En ſoit la digne récompenſe ;
Offrez-lui pour vos ſerviteurs
Et vos prieres & vos pleurs !

Foulant d'une plaine
La brûlante arène,
Pressé de soif & de chaleur,
Le cerf hors d'haleine
Court à la fontaine,
Et cherche la fraîcheur.

Telle & plus grande est l'ardeur
Dont nous volons vers l'enceinte
De cette Montagne sainte,
Où Dieu le Fils, Verbe éternel,
Victime d'un amour sincère,
Choisissant la Croix pour Autel,
S'offrit lui-même à Dieu son Pere,
Racheta l'homme criminel,
Vengea le ciel, & calma sa colere.

Pressé de soif & de chaleur,
Le cerf hors d'haleine,
Court à la fontaine,
Et cherche la fraîcheur.

Telle & plus grande est l'ardeur
Dont nous volons à la grotte profonde
Qui renferma trois jours le plus grand des trésors,
Le Corps
D'un Homme-Dieu mort pour sauver le monde.

LE GUIDE.

Par-tout aux environs promenez vos regards,
Troupe vertueuſe & fidèle,
Vous y verrez de toutes parts
Un ſpectacle touchant : il n'offre à votre zèle
Que des objets pieux, dont le premier aſpect
Inſpire au vrai Chrétien l'amour & le reſpect. . . .

Le Sauveur parcourut ces ſentiers, ces collines;
Ses prodiges & ſes bienfaits
Ont illuſtré ces bourgs & ces chaumines:
A chaque pas on découvre des traits
De ſa bonté, de ſa clémence,
De ſa grandeur, de ſa puiſſance:
Ce Roi des Rois, ce Dieu des Dieux,
Qui marche ſur les vents, qui regne dans les Cieux,
Parut jadis dans ces campagnes,
Honora de ſes pas, éclaira de ſes yeux
Ces bois, ces déſerts, ces montagnes,
Ces champs, ces côteaux, ces vallons,
Tous ces rochers, tous ces gazons;
Enfin, toute cette contrée
Se trouve aujourd'hui conſacrée
Par le ſang ou par la ſueur

Du CHRIST, notre divin Sauveur.

Pour ſuivre dignement la glorieuſe trace
Qu'imprima jadis en ces lieux
Ce Dieu d'amour, ſource de toute grace,
Le Pélerin religieux
Y marchera pieds nuds, baiſſera la paupiere;
Mais une ferveur paſſagère,
Tout cet extérieur humble & reſpectueux
A ce Dieu ſcrutateur peut-il ſuffire & plaire?
Non, non: l'extérieur nous ſerviroit trop peu;
Il faut que, pénétrés d'une douleur amere
D'avoir par nos forfaits outragé notre Dieu,
Notre cœur pénitent s'embraſe de ce feu
Que ce divin Sauveur apporta ſur la terre;
Il faut que notre cœur renonce & diſe adieu
Au monde, à toutes ſes maximes,
A ſes faux plaiſirs, à ſes crimes;
Qu'il devienne enfin le cercueil
De l'ambition, de la haine,
De l'avarice, de l'orgueil,
De toute affection mondaine,
Et que des paſſions briſant ainſi la chaîne,
La Reine des vertus, la tendre charité
Entre en Reine avec vous dans l'auguſte Cité.

Pourſuivons notre route, &, ſelon notre uſage,
Commencez donc, Chrétiens, votre dévotion;
Elevons notre voix, rendons un ſaint hommage
Par de pieux concerts à la ſainte Sion....

Ouvre-nous enfin ton enceinte,
Jéruſalem, ô Cité ſainte,
Autrefois centre du bonheur,
De la paix & de l'allégreſſe;
Aujourd'hui terre de douleur,
De pleurs, de ſanglots, de triſteſſe;
Mais toujours terre illuſtre & chere à notre cœur:
Puiſſes-tu recouvrer ta premiere ſplendeur!

Jeruſalem, ô Cité ſainte,
Source des vrais biens,
Gloire des Chrétiens,
Vois notre reſpect, notre crainte;
Comble nos vœux,
Rends-nous heureux,
Et reçois-nous dans ton enceinte.

Tu n'as plus cette citadelle
Tour de David célebre & belle;

Tu n'as plus ce temple fameux
Qu'éleva ton Roi pacifique :
Du Romain jaloux, orgueilleux,
Le fer cruel & tyrannique
A rasé tes hauts murs, il est vrai ; mais tu peux,
Tu dois te consoler d'un sort si rigoureux.

Jérusalem, ô Cité sainte,
Source des vrais biens, &c.

Chacun t'exalte, & dans le monde
Jérusalem est sans seconde :
Qui ne sait que le Roi des Rois,
Pour expier toute injustice,
Dans ton sein mourut sur la Croix ?
Ah ! que ce Dieu nous soit propice !
Puissions-nous habiter, en quittant ces bas lieux,
Cette Jérusalem qu'il promet dans les Cieux !

Jérusalem, ô Cité sainte,
Source des vrais biens, &c.

SECONDE PARTIE.

LE GUIDE.

VOICI Gethſémani; remarquez ce jardin:
Ce fut là qu'au ſortir de ce banquet divin,
Où, par un grand prodige, étonnant la nature,
L'Homme-Dieu ſe donna lui-même en nourriture;
Ce fut dans ce jardin que JESUS vint prier,
Qu'il ſe ſoumit à tout pour nous ſanctifier.
Que n'y ſouffrit-il point? Une triſteſſe amère
S'empara de ſon cœur: prélude malheureux!
Une ſueur de ſang, fruit d'un chagrin affreux,
Sortant de tout ſon corps, empourpra cette terre.

EUGENE.

Heureux jardin, ce ſang arroſa tes ſentiers:
Sur eux avec reſpect j'imprime mes baiſers....
C'eſt donc ici le champ, c'eſt ici la carrière
Où l'Athlete divin, pour la première fois,
De l'humaine nature éprouvant tout le poids,
Combattit, & ſoutint une cruelle guerre,

Une guerre ſanglante? Eh! ne fallut-il pas,
(Puiſqu'il ſe réſervoit pour de plus grands combats)
Qu'un Ange deſcendant de la voûte azurée,
Vînt conſoler ſon ame à la douleur livrée?
Cet Ange étoit ſon tendre amour:
Sur le front de JESUS il ſecha de ſon aîle
Cette ſueur mortelle,
Et lui dit en ce jour....

» Verbe fait chair, Dieu d'indulgence,
» Tu ſais les décrets éternels;
» Songes, ſonges que ta ſouffrance
» Sera la rançon des mortels,
» Leur ſalut & leur délivrance.

Encouragé par cette voix,
(C'étoit celle de ſa tendreſſe,)
Il s'écrioit: O croix, aimable croix,
Sur toi je veux mourir, je te cherche ſans ceſſe!

LE GUIDE.

Là, le cœur infecté de fiel & de venin,
Le Diſciple infidèle, infâme & lâche traître,
Par un fourbe baiſer livra ſon divin Maître,

Et par ce baiser même en devint l'assassin.
Comme l'éclat subit du plus bruyant tonnerre
Etonne tellement une troupe d'oiseaux,
Qu'elle ne peut voler, mais tombe, roule à terre,
Et cherche à se cacher dans l'herbe & les roseaux;
Ainsi des Juifs cruels la cohorte insensée,
Interdite, confuse & tremblante d'effroi,
Fut ici confondue, & se vit terrassée
A ces seuls mots: C'EST MOI.

AGAPITE.

O Dieu Sauveur, que de miracles
Opérés en si peu de tems!
Ce sont pour nous autant d'oracles,
Des témoignages éclatants
De ta grandeur, de ton pouvoir suprême,
De ta bonté, de ta douceur extrême:
Tu nous y peins tes sentiments;
Ton tendre amour ne s'occupe & ne pense
Qu'à nous rendre la liberté;
Et c'est par ton obéissance
Que tu brises le joug de notre iniquité.
O immense charité!
Là, de ton ennemi tu guéris la blessure,

Et reprends ton ami qui s'en trouve l'auteur:
Ici tu tends aux fers, à la torture
Cette main qui peut tout; & ſans que la douleur
Puiſſe dans ton cœur
Produire une plainte, un murmure,
Semblable au foible & tendre agneau
Que l'on arrache à ſa mère chérie,
On te traîne à la boucherie,
On t'apprête un tourment nouveau.

ALBIN.

Ah! ſi Pierre vouloit ſignaler ſon courage,
Venger ſon divin Maître, & punir cet outrage,
Armant ſon bras
Pour la défenſe
De l'innocence
Contre des ſcélérats,
Que n'en puniſſoit-il d'abord le plus coupable!
Et que ne plongea-t-il ſon fer
Dans le cœur double, abominable
De ce Miniſtre de l'Enfer,
De cet Apoſtat miſérable,
Chef & modèle des ingrats?
Que ne l'obligea-t-il à mordre la pouſſière,

Pour délivrer ainsi la terre
Par son trépas,
Du Monstre le plus exécrable,
Du fléau le plus redoutable,
Du perfide & traître Judas?

TEOTIME.

Le sacrilége auteur d'une si noire trame
Méritoit une mort plus dure & plus infame:
Il étoit réservé pour être son bourreau,
Et les vautours devoient lui servir de tombeau.

LE GUIDE.

Demain au lever de l'aurore,
Vous pourrez remarquer encore
La maison du Grand-Prêtre & ses vastes débris:
Il vous sera même permis
De considérer le Prétoire
D'où JESUS-CHRIST, le Roi de gloire,
De tous les siens abandonné,
Sortit, d'épines couronné,
Vétu de haillons d'écarlate,
Meurtri de coups & couvert de crachats
Chez l'injuste Ponce Pilate,

Par l'insolence scélérate
De ses plus barbares soldats;
Lorsque ce Gouverneur rusé, ce Juge inique,
Dit, en montrant JESUS au Peuple frénétique:
VOILA L'HOMME, & n'osa prononcer, L'HOMME-DIEU:
Sa lâche politique écarta cet aveu.
Mais aujourd'hui, Chrétiens, notre course est bornée
A ces premiers objets qui s'offrent à nos yeux:
Approchez, révérez les restes précieux
De cette pierre antique ou colonne sacrée....

C'est là, quel souvenir affreux!
C'est là qu'un soldat furieux,
Servant des Juifs la barbarie,
Garrotta l'Auteur de la vie.
Là, par mille coups redoublés,
Des satellites assemblés
Outrageoient, frappoient sans relâche
L'Agneau de Dieu, l'Agneau sans tache.
Tous ces ministres forcénés,
Comme des tigres acharnés,
Déchiroient son corps adorable,
Et dans leur rage insatiable,
Par des efforts toujours nouveaux,

De cette chair ſacrée arrachoient des lambeaux.
Traiter un Dieu comme un coupable,
O ſacrilége abominable!
O jour d'horreur, de déſeſpoir,
Hélas! il me ſemble te voir.
Tous les coups au loin retentiſſent,
Les voûtes, les murs en gémiſſent,
Les rochers mêmes s'attendriſſent,
Tout ſoupire dans l'univers,
Si ce n'eſt ces bourreaux pervers.
Quels cris lugubres, quel murmure
Sortent du fond des monuments?
Dieu ſouffre, & toute la nature
Sait compatir à ſes tourments:
Le Juif ſeul ſe trouve inſenſible;
Son cœur coupable eſt endurci
Plus que le marbre que voici;
Son aveuglement eſt terrible:
Ainſi l'oracle eſt accompli,
Et le châtiment eſt viſible.

Quelle leçon pour notre cœur!
Fut-il jamais un tel martyre?
Peut-on l'entendre ou le décrire,
Et demeurer toujours pécheur?

Traiter un Dieu comme un coupable,
O ſacrilége abominable!
O jour d'horreur, de déſeſpoir!
Hélas! il me ſemble te voir;
Je cede au trouble qui m'accable.

TEOTIME.

Barbares, arrêtez, ouvrez enfin les yeux,
Et tournez contre moi cette rage implacable;
Enivrez de mon ſang tous vos traits rigoureux;
Voici mon ſein, frappez, percez ce cœur coupable:
Jesus eſt innocent, il eſt même impeccable;
Reſpectez donc en lui votre Dieu, votre Roi,
Et puniſſez dans moi
Un ingrat, un perfide, un pécheur miſérable!

Mais quel eſt cet arrêt injuſte & plein d'horreur,
Dont vous autoriſez votre aveugle fureur?
La haine l'a dicté: quoi, Jesus eſt victime!
Et l'on épargne Téotime!
Le juſte doit-il donc périr pour le pécheur?
Oui: ces infernales furies
Font entendre les ſifflements
Des verges & des fouets ſanglants

Dont on arma leurs mains impies.
J'entends leurs coups, j'entends leurs cris;
Leurs reproches pleins de mépris,
Leurs injures & leurs blaſphêmes
Etonnent les Enfers eux-mêmes:
Des flots de ſang de toutes parts
Viennent s'offrir à mes regards:
Je vois une pâleur mortelle
Ternir l'éclat divin de ce front glorieux
Que la céleſte Cour, que les Anges heureux,
Pleins d'amour, de joie & de zèle,
Aimoient à contempler d'un œil reſpectueux.

Précieux ſang, ô viſage adorable,
O merveille inouie, ô myſtère nouveau!
Des yeux de mon Sauveur on éteint le flambeau,
Et mon Sauveur n'en eſt que plus aimable!
Pour plaire & charmer,
Pour mieux enflammer
Toute ame ſenſible & fidèle,
Mon Bien-Aimé voile les traits,
Eclipſe les attraits
D'une beauté toujours ancienne & nouvelle.

LE GUIDE.

Si jusqu'ici, Chrétiens, quelques objets pieux
Ont touché votre cœur, en parlant à vos yeux,
Suivez les mouvements d'une vertu sincère,
Marchez à la lueur du flambeau qui l'éclaire:
Pénétrés de respect & d'une sainte horreur,
Passons par ce dégré, montons jusqu'au Calvaire,
Et baisons mille fois les traces du Sauveur....

Voici la Montagne sacrée,
Où Dieu le Fils, sagesse incrée,
Verbe fait chair, & mortel comme nous,
Entre l'homme & le ciel Médiateur fidelle,
Fonda la Loi nouvelle,
La scéla de son sang, & nous racheta tous.
C'est à ce rocher salutaire
Que la mort confondue émoussa tous ses traits,
Que l'infernal Serpent, ce dragon sanguinaire,
Eut le chef écrasé, fut dompté pour jamais,
Dépouillé de son empire,
Et chargé de tous les fers
Dont il captiva l'univers.

Ici; mais pourrai-je le dire?
Ici les Juifs planterent autrefois
L'arbre fécond, la ſalutaire Croix
Où JESUS conſomma ſon douloureux martyre.
Sur cet autel ſanglant ſon corps fut étendu,
Ses bienfaiſantes mains de cloux furent percées,
Et par ſes mains ainſi bleſſées,
Ce corps divin ſe trouvant ſuſpendu,
Fut par ſon propre poids un tourment pour lui-même.
O ciel, quelle douleur extrême!
Que dirai-je de plus?
Pâle, abattu, ſanglant, abandonné d'un Père
Toujours tendre, mais ſaint & juſte en ſa colère,
Par pur amour ici JESUS,
Sacrificateur & victime,
Altéré de notre ſalut,
Pour expier notre crime,
Et nous retirer de l'abime,
Baiſſa la tête, & MOURUT....

PAUSE.

Dans l'horreur du tombeau JESUS daigne deſcendre:
Sa mort eſt mon ouvrage, & devient mon appui:
Par cet excès d'amour ne dois-je point comprendre
Que s'il eſt mort pour moi, je dois vivre pour lui?

Ainſi pour nous JESUS expire:
Chrétiens, qu'heureux eſt notre ſort!
JESUS mourant détruit l'empire
De la mort....

Cette pierre creuſée eſt pour nous un indice
De l'endroit où s'offrit ce ſanglant ſacrifice:
Elle ſervit autrefois
De baſe à la croix,
Et ſe briſa lorſque la terre,
Au dénoûment affreux de cette horrible guerre,
Trembla juſqu'en ſes fondements,
Et menaça ſes coupables enfants
De les enſevelir par ſa ruine entière,
Dans un nouveau cahos de tous les éléments.

AGAPITE.

O cœur dur, ô cœur inſenſible,
Briſe-toi comme ce rocher!
Qu'eſt-ce qui te pourra toucher,
Si ces objets te trouvent inflexible?
Mont ſacré, Croix divine, ô tendre ſouvenir,
O Dieu, qui comprendra ton amour & mon crime!
Ici JESUS fut ma victime,

Ici JESUS daigna mourir:
Quelle bienfaiſance,
Quel amour immenſe
Du Dieu Rédempteur
Pour l'homme pécheur!
Qui de nous proſterné la face contre terre,
Chers amis, ne déteſte pas,
Dans la douleur la plus amère,
La cauſe d'un pareil trépas?
Qui de nous, voyant cette pierre
Que l'on révere dans ce lieu
Comme un témoin de tant d'allarmes,
Comme teinte du ſang d'un Dieu,
Oſeroit retenir ſes larmes?
Coulez, mes pleurs, coulez, & formez des ruiſſeaux,
Soyez, mes yeux, une double fontaine,
Fonds-toi, mon cœur, & de tes eaux,
Comblant ſans fin ces deux canaux,
Montres par-tout ton regret & ta peine,
Et de tout vice détaché,
Comprends enfin quel mal eſt le péché!

C'en eſt fait; je l'ai dit: oui, Seigneur, je deſire
Verſer autant de pleurs,

Que tu verſas de ſang dans ton cruel martyre,
Et que tu ſouffris de douleurs.

Mais n'offrir que des larmes,
C'eſt ne te rien offrir:
Je connois ton deſir,
Et je te rends les armes;
Aimable Vainqueur,
Tu veux que mon cœur
Se livre à tes charmes:
Du plus tendre amour
Tu veux le retour.

Jouis de ta victoire,
Adorable Vainqueur,
Regnes ſur notre cœur:
Amour, honneur & gloire
Au Dieu libérateur
Qui fait notre bonheur.

TEOTIME.

Dans la profonde bleſſure
Que l'on te fit au côté,
O Dieu de charité,

Caches ta créature
Qui n'espere qu'en toi:
Du trouble & de l'effroi
Qu'inspirent mes offenses,
Des célestes vengeances,
JESUS, garantis-moi!

ÆUGENE.

Avec des traits de flamme,
Dieu, graves dans mon ame
L'éternel souvenir
Des rigoureux tourments que tu daignas souffrir!

ALBIN.

Détaches cette main puissante
D'un bois qui s'en trouve jaloux,
Et d'une Croix trop infamante;
Que libre, à la honte des cloux,
Cette droite si bienfaisante
Agisse, regne & s'étende sur nous!
Qu'elle couronne ton ouvrage,
Qu'elle soit pour nous désormais
Un sûr asyle & même un gage,
Et du pardon, & de la paix!

LE GUIDE.

Attendris, répentants, les yeux baignés de larmes,
Animés par la foi, l'eſpoir & la ferveur,
Suſpendez vos ſoupirs & calmez vos allarmes,
On vous permet de voir le tombeau du Sauveur.
Que mon ame ſera ſatisfaite & contente
De pouvoir en ce jour répondre à votre attente!
Suivez-moi donc, Chrétiens, vous pouvez approcher..
Remarquez ce rocher:
C'eſt dans ſon ſein qu'eſt la grotte profonde,
Qui par un heureux ſort,
De l'Homme-Dieu, dès qu'il fut mort,
Mort pour donner la vie au monde,
Renferma le corps,
Sa dépouille mortelle,
Ce tréſor des tréſors:
Deſcendons.... Plus d'une lampe éternelle
De ce lieu ſaint bannit l'obſcurité....
J'apperçois déja la clarté....
Proſternez-vous, troupe fidèle,
Voici le but de votre piété,
Le but où tend votre ardeur, votre zèle,
Le ſaint ſépulcre eſt ſous vos yeux,
Voyez l'objet de tous vos vœux....

D'un

D'un long & pénible voyage
Oubliez les périls récents,
Et dans ces doux instants
D'un saint pélérinage
Goutez tout l'avantage;
Accomplissez votre vœu
Dans ce beau lieu;
Rendez, rendez hommage
A l'Homme-Dieu;
Honorez sa tombe,
Que l'Enfer succombe!
O Pélerins chéris des Cieux,
Vivez heureux!

TEOTIME.

En m'approchant de la tombe adorable
Qui renferma ce dépôt précieux,
Tout m'y paroît si respectable,
Si divin & si merveilleux,
Que je n'ose y fixer les yeux.
Dans ce monument admirable
Quel trouble, quels transports & quels frémissements
Pénetrent tous mes os, agitent tous mes sens?

Dans cette grotte délectable
O quelle ſainte horreur
S'empare de mon cœur!
Ce que j'éprouve eſt ineffable.
Les objets qui de toutes parts
Se préſentent à mes regards,
Rappellent à ma mémoire
La touchante & tragique hiſtoire
D'un Dieu fait Homme, & dans ſa ſainte Loi
Affermit ma foi.

De mes crimes, grand Dieu, la foule m'environne,
Leur malice m'effraye, & leur nombre m'étonne,
Leur poids m'accable, &, malgré mes efforts,
Si tu ne me ſoutiens, ſi ta main m'abandonne,
Si ta bonté ne me pardonne,
Je ſuis perdu, je deſcends chez les morts.
Permettras-tu que je ſuccombe,
O Dieu, mon ſeul appui, Sauveur de l'univers?
Ah! fais plutôt qu'au pied de cette tombe,
Je dépoſe ce joug, & je briſe mes fers!
Tu devins en mourant la mort de la mort même,
Tu ſortis en vainqueur du fond de ce tombeau,
De ta grace en mon ſein rallumes le flambeau,

Puisque ma douleur est extrême;
Donnes-moi donc un cœur nouveau,
Rends-moi meilleur, fais que je t'aime,
Et par la force de ton bras,
Fais-moi revivre & marcher sur tes pas!...

Tu m'écoutes, Seigneur, & mon humble prière
Me fait trouver en toi moins un Juge qu'un Père;
Tu reçois mes vœux:
Déja ta lumière
Dessille mes yeux;
Ta divine flamme,
Cette sainte ardeur
Embrase mon cœur,
Embrase mon ame.
Suprême Beauté,
Quelle est ta bonté!
Elle nous convie
En ce grand jour,
A cueillir des fruits de vie
Sur les traces de ton amour,
O Miséricorde infinie!

CHŒUR.

L'homme dans ce bas monde eſt un vrai Pélerin ;
Mais foible & malheureux, il s'arrête ou s'égare,
Lorſqu'il ne prend pour guide, en marchant vers ſa fin,
Que la voix de ſes ſens, voix trompeuſe & bizarre :
Il ne peut échapper aux écueils dangereux,
Que lorſqu'un tendre amour pour l'heureuſe Patrie,
Dirige tous ſes pas, ſes penſers & ſes vœux
Vers l'Etre bienfaiſant dont il reçut la vie.

Hæc eſt autem vita æterna : ut cognoſcant te, ſolum Deum verum, & quem miſiſti Jeſum Chriſtum. Joann. 17. 3.

FIN.

www.ingramcontent.com/pod-product-compliance
Lightning Source LLC
LaVergne TN
LVHW050459160826
845677LV00003B/837

* 9 7 8 2 3 2 9 6 6 4 8 6 6 *